환생하는 꿈

지혜사랑 259

환생하는 꿈

이선희

지혜

시인의 말

이생에서 몇 번 환생하며 사는 것 같다
지나간 삶이 아득하다
또다시 환생하는 기분으로
세 번째 시집
시인으로 사는 삶은 참 멋진 일이다

2022년 가을
이 선 희

차례

1부

6

2부

3부

4부

1부

현관의 센서 등

반경 안에서 움직이는 것들에만 반응하는 습성이 있다
반경 안으로 들어오는 것들에 의해서만 밝아진다

더러는 헛것으로 밝아지기도 하고
가끔은 착각으로 밝아지기도 한다

반경 안에 들어와 팔을 휘젓는 물체를 보지 못하는 경우
도 있다
필요 없이 반응하거나 너무 늦은 반응으로 자주 의심을
산다

혼자 켜지고 꺼진다
울다가 웃는다 혼자

좀처럼 반경 안으로 들어서려 하지 않는 물체를 기다린다
오래전부터 준비 완료 상태로 어둠 속에서 늙고 있다

바퀴 달린 가죽가방

온갖 잡동사니들이 들어 있을
무엇을 쑤셔 넣으면 한없이 들어갈
바퀴 달린 가죽가방

비뚤어지게 서 있는 것이
희끗희끗 때 묻은 것이
울퉁불퉁 늘어진 것이
벌써 여러 곳을 거쳐 왔을
바퀴 달린 가죽가방

여행의 경유지나 기착점을 모른 채
속이 열릴 때까지 지퍼를 닫고 굴러갈
바퀴 달린 가죽가방

낡은 바퀴로 끝까지 가 보겠다며
공항 대기실, 의자 옆에 손들고 서 있는
바퀴 달린 가죽가방

사각의 마음

사각의 아파트
사각의 방에서
사각의 침대에 누워
사각의 벽을 바라보며
나는 사각이 된다
사각의 내 안에는
마음들도 사각으로 개켜 있다
갑티슈처럼
어딘가로 뽑혀 나갈 자세로
순서를 기다린다
참 많은 사각의 마음
반듯한 사각으로 살리라는
사각사각 접어놓은 꿈
톡 뽑히는 순간
세상의 바닥을 닦으며
더러워진다 버틸수록
찢어지는 타고난 내구성으로
빠르고 부드럽게
구겨지는 습성도 익힌다

함정에 빠진 소

내 것도 남의 것도 아닌 코뚜레가 방향을 잡는다
얼기설기 늘어진 고삐들 흔들어도 떨어지지 않는다

늙어가는 누런 몸뚱이에 진딧물과
쫓아도 다시 윙윙대며 달라붙는 똥파리들이 늘어간다

질질 끌려다니는 이 고랑들
등이 굽도록 일을 해도 나아지지 않는 생활이다

세상의 구멍들 너무 작아
아무리 커다랗게 눈을 굴려 봐도 빠져나갈 구멍이 없다

매일매일 새로운 등 뒤의 채찍질, 도망은 생각도 않는다
후회와 뒷북과 걱정들로 되새김질을 하는 버릇이 있다

거친 먹거리로 몸집만 커진다
떨어지지 않는 발걸음
한 곳에서 먹고 싸고 눕는다

애드벌룬

줄만 있으면 하늘까지 오를 수 있겠다
기회만 되면 붕붕 떠오르는 이 가벼움
줄 하나에 의지한 오만이
착각을 가득 끌어안고 부풀어 오른다

쪼그라들다가 사라지고 말 운명
굳세게 땅을 딛고 살겠다고
발바닥은 굳은살 박아가며 단단해지는데
내 어디에 생긴 구멍들일까
수시로 들락거리는 헛바람
어디서 불어온 망상일까 빵빵한 기대

아무리 꽁꽁 동여매도 어느새 쪼글쪼글
허공에 떠 있는 저 둥근 애드벌룬
질기디질긴 줄에 매달려 뒤뚱뒤뚱
목을 끊을 수도, 줄을 끊을 수도 없다

마른 미역

까칠하게 마른미역, 바싹 쪼그라들어 있다
허공에 뾰족하게 날을 세운다
부서지기 쉬운 건조된 미역 한 줌

물에 넣으니 금세 부풀어 오른다
각박한 세상살이에 움츠러들었던 마음이라니
부풀어 있는 것이 본래의 모습

세상에 널리 유통되려면
건조되어 부피감이 없어야 좋다
당신의 한마디에 바로 부풀어질 수 있도록

미끈미끈 물기 줄줄 흐르는 마음
바싹 건조되어 있어야 좋다
세상 뜨거운 맛에 마음 자꾸 뻣뻣해져도

당신의 눈빛만으로도 쉽게 풀어질 수 있도록

내가 죽은 날

먼지나 강한 햇빛에서 나를 지켜준
창문과 블라인드는 방어벽이었는데

잠시 외출했다가 집에 돌아와 보니

활짝 열려 있는 창문
올려 있는 블라인드

가구마다 미묘하게 더께가 쌓이고
알지 못하던 냄새가 난다

외출해 만난 그 사람
영혼만 잠깐 들여다본 그 사람

도서관에서 읽은 책
모두 죽은 사람들이 쓴 책

동네 입구에서 만난 치킨집 사장님
전화해보니 영업시간이 아니란다

현관을 들어서는 남편은
거실에 있는 내가 보이지 않고

이상하다 잠자리에 누웠는데
아픈 곳도 슬픈 곳도 없다

엄마의 칼

엄마는 나를 이쪽저쪽 돌려가며
갈고 닦아주었다 칼날 같은 교복을 입고
아침저녁으로 버스통학을 했다
칼날 세우며 눈빛을 반짝였다
잘 갈린 엄마의 칼날이었다 나는
갈린 지 너무 오래되어 뭉툭해진 지금은
이곳저곳 쑤시고 다니지만
신통치 않은 칼놀림으로
일 처리가 매끄럽지 못하다
얄팍하게 저미는 지혜와
단호하게 썰어낼 용기가 필요하지만
썰어 낼 것과 썰지 말아야 할 것도
구분하지 못하고 구석구석 굴러다닌다
뭉툭해진 칼을 들고 엄마는
지금 밭에서 시금치를 캐고 있다
호미로나 쓰이고 있는 칼,
품위 있는 주방이 거처가 아니다
흙이 묻은 칼을 엄마는 밭고랑에 던져둔다

시든 채소처럼

그늘만 찾아다녔다 잘 짜인 질서 속
얕은 정신은 행동반경을 넓히지 못했다

걷어내야 하는 잎사귀는 시들시들 바닥을 덮고
단단해 보이던 줄기도 허망한 뼈대일 뿐
뿌리는 젖은 땅속에 붙들려 있다

벗어나야 할 곳이 여기뿐이겠는가
빠져나가려 할수록 점점 더 옥죄어온다

잘못 찾아든 그늘 속
빼빼 말라 백골이 되거나
물러 터지기에 십상이다

미끄덩한 슬픔에 비틀거리다가
물 한 모금 먹고 다시 중심을 잡다 보면
시절도 모르고 자꾸 내가 다시 살아보려고 한다

가시 많은 물고기

가시를 헤집어 살을 발라내다
살을 헤집어 가시를 발라낸다
가시 사이에 비린내가 있다
 팍팍한 삶은 가시 박히기 최적 환경
여기저기 가시 아닌 것 없다 세상에
말이 가시가 되어 박히는 작은 물고기
가시 박힐 때마다 살이 깎여나간다
가시 하나 떼어 시를 만들고
수초 밑 보금자리도 만든다
두리기둥이 되는 가시도 있다
 발라내도 발라내도 다시 생기는
몸에 박힌 가시의 힘으로 물살을 가른다

저녁의 확대경

실제보다 크게 보이는 것들 믿을 수 없다
조심조심 하루의 서랍을 뒤적거린다

한 가닥 실마리는 어디에나 있는 법이다
지나온 하루를 들여다보는 시간

줄줄 끌려 나오는 어리둥절한 의문들
불공정한 핀셋의 각도로 경위를 뒤집어 보고 돌려본다

의심을 위한 의심이 얼마간 안심이 되지만
숨기고 싶은 것들이 불룩불룩 솟는 저녁

파헤칠수록 헝클어지는 실몽당이 같은 심증들
눌러보고 비틀어 보지만 되돌려지는 메모리폼이다

확대된 하루가 불편한 배경이 된다
풀릴 날을 고대하는 단단한 실패들

딱따구리 식당

세상이 다 일터였으면 싶을 거다
식당 안을 훨훨 날아다니는 여자
노크를 망설이지 않는다

계산대에서 홀, 주방에서 룸으로
딱딱 똑똑 구멍을 낸다
먹으러 왔지만 먹히는 손님들
파 먹힌 자리에서 자꾸 하품을 한다

그릇들이 너울너울
탁자와 의자가 움찔움찔
이 식탁은 딱따구리가 쪼는 나무
오래 머물 수 없다

가늘고 짧은 다리의 발톱을 세우는
가파르고 거친 노동
수직의 자세로 집중한다

저 여자 계산대에 서서
딱딱 똑똑 계산기를 쪼아댄다
모두가 끄덕끄덕 동의하면서 파 먹힌다

장미의 의도

가시 하나쯤 달고 펼쳐진 길 묵묵히 걸어가는 줄기가 되고 싶었을 것이다

쉽게 짓이겨지지 않고 한 철 어디에도 물들지 않는 억센 이파리로 살고자 했을 것이다

어쩌다 불쑥불쑥 내밀어지는 어울리지 않는 화사한 얼굴 쑥스러웠을 것이다

고된 노동의 냄새를 숨기려 엉뚱한 향수를 뿌리고 한참을 휘청거렸을 것이다

자꾸 의도에서 벗어나는 삶에 무던히도 온몸을 흔들었을 것이다

색깔을 바꾸어가며 살랑대는 뻔뻔한 얼굴이 만발했을 때였을 것이다

믿는 구석이나 되어주자고 줄기와 이파리는 더 진해지고 더 굵어졌을 것이다

파킹의 늪

차들로 빽빽한 주차장
잘못 디디면 빠져나오기 어려운 늪지다

지나온 길을 백미러로 흘끔거린다
내가 늦은 사이
세상은 완벽하게 메워져 있다

차를 벽 쪽에 바짝 붙이는 붙임성도
통로를 살짝 걸쳐 주차하는 융통성도 없다

빈자리를 찾아 빙글빙글 돈다
작은 틈 사이로
몇 번이고 전진과 후진을 반복한다

어느새 기어를 중립에 놓고
남 앞에서 나사 풀린 것처럼
이리저리 밀려다니게 된다

나무 수도승

사원은 사철 신도들로 끊이지 않는다
흙에서 나와 하늘을 떠받치고 있는 수행자들은
일찍 죽거나 시들지 않는다. 다만,
신도들을 향해 몸을 흔들거나 휘어질 뿐이다
휘어지다 마침내 꺾이고 마는 삭정이는 지나간 인연
번뇌들이 분질러져 바닥에 쌓인다
삭정이로 쓰인 두툼한 경전들 빼곡한 사원
잎사귀 책장 넘기는 소리 소슬하게 들린다
어느 경구에선지 툭 돌멩이 하나 기슭에 미끄러진다
한없이 떨어지려는 돌들에 몸을 내미는 나무 수도승
산에서는 조금 미끄러져도 될 것 같다
숨차게 한 번은 또 올라야 할 곳도 있는 것 같다

2부

물의 관에서

뿌리와 잎 사이를 오르락내리락 돌고 있다
나무는 물의 관이다
겨울 봄 여름 가을
완벽하게 틀을 바꾸는 한통속의 고수들이다

칠십 프로가 물인 나는
거죽과 뼈대와 약간의 털로 위장한다
구불구불 상수도관과 하수도관을 돌며
가끔 차갑게 굳어지기도 한다

세상은 용케도 나를 물로 본다
녹였다 얼리고
담았다 버리고
펄펄 끓이다 식힌다
얼마 전까지 식구들의 개숫물로 쓰이다가
지금은 잘 움직이지 않는 고인 물이 되어 있다

파

대충 토막 쳐져 국물만 빼내도 그만이다
송송 썰려 당신에게 스며들다가
어슷어슷 썰려
누구의 보색으로 살아도 그만이다
메인으로 매운맛을 내며
종종 따끔한 쓴맛도 보여주고
뒷맛은 의외의 단맛으로 갈무리하고 싶다
뿌리 자르고, 누런 잎 떼어내고
손과 발 깨끗하게 씻고 나선다
허공을 가로지르는 서슬 푸른 줄기
진액 농도로 잘릴지언정 허리 굽히지 않는다

실의 날

살아가는 일은 뭉쳐진 실을 푸는 일이다
슬슬 풀리다가 잠깐 사이 엉켜버리기 일쑤다
엉키다가 끊어지고 매듭이 지는 날도 있지만
비비 꼬인 질기디질긴 날도 있다
부드러운 듯 날카로운 적의에 살이 베이고
상처를 꿰맨 실 녹아 살이 되기도 한다
떨어지려는 인연 단단히 붙잡으려고
실실 웃으며 콕콕 찌르는 바늘을 따라다닌다
몇 덩이 실 오래전부터 경대 서랍 속
가지각색으로 이리저리 굴러다니고 있다
실은 그렇게 버려지지도 써지지도 않는 희망이다

재개발지구 집들

빨간 엑스 표 페인트가 선명하다
속 다 털린 숭어리샘 재개발지구 집들
지금은 텅 빈 이곳에서, 펄펄 뛰기도
떼굴떼굴 구르기도 했으리라 한때는
잡히지도 않는 뭔지를 죽어라 사랑하고
오래오래 부둥켜안았으리라
주저앉았다 다시 일어서는 수 없는 갈등 끝
먼지처럼 낱낱이 허공을 떠돌다가
더는 이런 구석진 곳은 찾지 않으리라
어딘가로 붕붕 떠나기도 했었으리라
좋았던 시간은 순식간에 지나가고
중요한 순간도 그렇게 다 지나갔으리라
맥 놓고 기다리던 시간도 까마득하리라
요양병원 침실에 꿈틀꿈틀 누워 있는
철거를 기다리는 저 오래된 집들
완벽하게 죽어야 다시 살아날 수 있으리라

구워지는 생선

삶을 그렇게 뒤집지 말았어야 했다고
다시 뒤집으려니 뒤집히지 않는다고
투덜대는 그는 이제
나를 뒤집어야겠다고 한다

바닥에 바짝 붙어 있는 나를 들썩거린다
어깨가 쑤시고 가슴이 아프다
옆구리가 망가진다
세상에 온통 비린내 풍기며 나는
더 바싹 바닥으로 붙는다

나는 제대로 익고 있는 걸까
노릇한 시간이 다가올수록 불안하다
여기저기 부서지며 섣부르게 익었던 기억
스멀스멀 비린내로 올라온다

참외의 조건

각이 있거나 볼품없이 길쭉하지 않다
너무 둥글지 않아 쉽게 굴러다니지도 않는다

얇고 매끈한 껍질 벗겨 먹기가 쉽다
그렇지만 자기 빛깔은 분명하다

적당히 작아 만만해 보이기도 하지만
속에 많은 씨앗도 있다
쉽게 상하지 않을 근육은 두툼하다

알고 보면 내면에 여백도 있어
너무 진하지 않게 향기도 낼 줄 안다

미안한 사이
— 칼랑코에에게

화분에 물을 주면 꽃은 계속 필 거라며
그가 꽃이 활짝 핀
작은 플라스틱 화분을 베란다에 놓고 갔다
이미 활짝 핀 꽃에 물을 준다고
얼마나 더 피겠나 싶어
듣는 둥 마는 둥 고개만 끄덕였다
물은 주지 않고 의심의 눈초리만 꽃에 퍼부었다
꽃은 물 한 모금 먹지 않고도
자기 할 일은 다 할 수 있지만
뭐든 해보는 데까지는 해보는 게 좋지 않겠냐며
시든 꽃잎 하나를 떨어뜨렸다
더 늦기 전에 원이나 없애 주마고
너무 애쓰지는 말라며 화분에 물을 주었다
충분히 꽃은 보았으니
물이나 마시며 좀 쉬라는 뜻이었다
꽃이 얼마나 바쁘게 움직였는지
어느새 꽃이 화분에 가득해졌다
물을 줄수록 화분은 바빠졌다
물을 안 먹을 수도 꽃을 안 피울 수도 없었다
열흘이 지나고 한 달이 가까워지는데도
작은 화분에 꽃이 가득했다
물주는 일이 미안해졌다 화분도 꽃피우는 일이
미안한 듯 색깔이 좀 연해진 것 같았다

치킨의 부위

두 발로 어지간히 종종거렸겠다
두리번두리번 저물도록 모이를 찾다 보면
어느덧 모래주머니도 가득 찼으리라
허기를 면한 그의 하루도
다리 살 만큼 쫄깃했을 것이다

거듭거듭 도전했겠다
몸집보다 작은 날개로
더 높이 날고 싶은
안간힘이 뼈 사이에 붙어 있다
한 입 거리도 안 되는 날개
가지런히 접었다

마루 밑이며 두엄자리까지
구석구석 뒤지고 다니며
무엇을 위해 그토록 퍼덕거렸을까
얼마나 높이 날고 싶었을까
가슴에는 퍽퍽 살이 한가득하다

연습용 화살

활시위를 떠난 지 오래된 화살이다
처음엔 과녁을 향해 정조준되었지만
아무리 날아도 과녁은 보이지 않는다

활시위를 떠난 후 표적을 바꾸며 산다
목표는 언제나 과녁에 도달하지만
아직 표적지의 정확한 위치를 모른다

가깝고 쉬운 표적에 안주하다 보니
날카롭던 화살촉도 무뎌진다
이제 어디에도 잘 박히지 못한다

화살촉이 박힐 정확한 과녁은 어디일까?
득점 구간에 다다르기는 한 것일까?
두리번거리는 버릇만 아직도 남아 있다

무디어진 화살촉 끝으로 근근이 살고 있는
나를 가지고 누가 자꾸 연습하고 있다

그럼에도 불구하고

비탈진 기슭에 나무 하나 살고 있다
아무도 의식하지 않고 뿌리내리며
기둥도 굵어지고 가지도 굵어진다

어느 날 그리 센 비바람이 아니었는데도
나무는 가지 한 쪽이 꺾이고
뿌리까지 드러낸 채 기우뚱 쓰러진다

그것으로 끝이라 생각했는데
봄이 되자 쓰러진 채로 잎이 나고 있다

잘려 나간 가지는 잘려 나간 채로
뿌리 뽑힌 뿌리는 뿌리 뽑힌 채로
비딱하게 비탈에 다시 터전을 잡고 있다

신 혹은 신발

닳고 닳아도 못하는 것이 있다
보기는 좋아도 불편하고
너무 비싼 것도 많다
용도에 따라 구분한다

멀리 가려고 한다
상처 나지 않으려고 한다
더러운 곳 밟을 수도 있고
못난 것 숨기고도 싶다
신분 노출도 두렵다

차갑게 뜨거운 곳 밟고 싶다
신나게 달리고도 싶다
무참히 버려지는 일도 많다
잘 맞지 않는데 억지로 맞추고 싶은 것도 있다

자화상

— 신종 백치 아다다

못 알아듣는 말이 많아
웃고 넘기는 일도 많다
웃어도 웃는 게 아닌 웃음을 한 아름
꽃다발처럼 끌어안고 산다
누가 한마디를 잡아끌면
엉뚱한 알 수 없는 말이 끌려 나온다
하는 말과 듣는 말이 달라
멈추어야 하는 시점을 모르는 때도 있다
병이라면 병일 수도 있겠지만
모두가 사소한 증상쯤으로 넘기고 만다
일상생활엔 크게 지장도 없다
어떤 때는 보통 이상의
그럴듯한 언행을 하기도 한다
몇 마디 주고받다가
금방 눈치 채는 사람도 있다
워낙 멀쩡해 보여 쉽게 알아보지 못한다
다행히도 대중 공포증은 달고 산다

빨래 일가족

빨래 일가족은 늘어진 금줄 같은 빨랫줄에서 떨어져 훨훨 날았다

청바지는 생각만큼 날렵하지 못했고, 작업복은 떨어진 곳에서 멀리 날지 못했다

청바지와 작업복은 생계에 흠뻑 젖어 빗물도 먼지도 거부하지 못했다

플레어스커트는 폭넓게 날아보려 했지만 폭넓은 오지랖 때문에 번번이 때를 놓치고 말았다

블라우스는 몇 개의 레이스를 달고 매력적인 빈틈으로 세상을 유혹했다

젖을 때는 어이없는 곳에서 너무 쉽게 젖는 블라우스라니

면 팬티는 떨어지자마자 바닥에 착 붙어 더는 날지 못했다

스카프가 가장 멀리 날았다 진흙이 몸에 달라붙어도 탈탈 털어냈다

스카프는 작은 바람에도 높은 곳에 올랐지만 나뭇가지에 찢겨 성급히 쓸모를 다했다

빨래 일가족은 썩어가는 줄도 모르고 이제 세월을 동아줄처럼 잡고 있었다

시계 경전

흰 바람벽이 받들어 모신다
수시로 올려다보는 시계는
때때로 약이 되기도 하는 경전이다

즐거울 때도
힘들 때도
올려다본다

초침 분침 시침
따끔한 침이 되기도 한다

채찍질 소리였다가
목탁소리도 되고
자장가소리도 된다

한 번도 끊겨보지 않은
오래된 경전이다

조약돌 가족

시냇가에서 주운 반질반질 예쁜 조약돌
매일 씻기고 어루만져 키웠다
키워도, 키워도 자라지 않았다
키우면서 종종 작은 불이 났지만
그것은 돌들이 살아가는 과정
손안에서 반질반질 만져지는 맛이 얼마냐고
주머니에 넣고 무게에 눌리면서도 흐뭇했다

서로 부딪칠 때마다
귀퉁이가 조금씩 떨어져 나갔다
통증의 가루가 표시 없이 흩날렸다
절뚝절뚝 굴러다녔다
만날 때마다 쪼개지며 모래가 되어가는 조약돌
서걱서걱 겉돌았다
뽀송뽀송 흙이 되지 못해 슬펐다

돌처럼 굳어 사망진단서를 받은 아버지는
땅속 깊숙이 파고들더니
흙이 되어 보슬보슬 살고 있겠다
조약돌도 죽으면 흙이 될 수 있을까

3부

딱딱한 캔디

이로울지 해로울지 저울질당하며 살았다

온몸을 바쳐 충성했더니 쉽게 뱉어내지는 않았다
혀끝으로 굴리며 간을 보았다

오래 빨아 먹히고 싶어 더 단단한 척했지만
자주 뭇시선에 목격되지는 말아야 했다

너무 높은 당도는 푸대접 감이다
이 구석 저 구석 굴러다니는 꼴 오래 봐주지 않았다

빨리 녹아 없어지지 않는다면
바싹바싹 깨뜨려 먹겠다는 날카로운 이빨의 언질이라니

곧바로 부서졌지만
얼마 동안 나는 끈적끈적 입천장에 달라붙어 있었다

잠시 날을 세우며 아우성도 쳤다
쉽게 잊히지 않는 단맛이 되고 싶었다

어떤 명상

자동세차장 입구
안내인이 손짓으로 하는 주문

"지나간 일은 접으세요
한쪽으로만 치달으려는 마음은 중립에 놓고
머뭇거리는 마음에서도 발을 떼세요"

시나브로 찾아드는 어둠 속
침묵 위로 쏟아지는
세찬 물과 비누 거품

찌들었던 때가 씻기자
녹색 출구가 보였다

비석

회원카드 신용카드 대출카드로
흥청망청 재미나게 살았다

어느 날 옐로카드 레드카드가
그를 낭떠러지로 밀어붙였다

이제 술과 꽃과 음식이 자동으로
배달되는 검은 카드 한 장 앞에 꽂았다

불편한 바게트

언젠가는 꼭 한 번 끊어내야 한다
의미 없이 길쭉하기만 한 관계들
식칼로 버석버석 잘라내야 한다

납작해진, 담백하고 바삭한
빵의 조각들 차곡차곡 포개진다
봉투 안에서 서서히 눅눅해진다

담백하고 바삭하게 살고 싶다
눅눅해진 삶은 불편하다
할 일 없이 길쭉한 삶도 불편하다

생각이 굳을수록 마음도 굳어간다
빵집의 입구에 놓인 길쭉하고 단단한 빵
기대만큼 뻣뻣하게 부풀어 있다

쌀의 일생

앙증맞은 크기가 적당하게 통통하고
반질반질 잘 여물었다
한 자루에 모아 담고 얼싸 추켜 주었다

분가루를 뒤집어쓴 채
기다리는 자세는 배우지 않고도 알았다

가마니 속에서 으뜸이 되기도 했으므로
시원한 그늘 속에서 일생 하얗게 웃을 줄 알았다

세상의 손바닥에 올려지자
주르륵 손가락 사이로 흘러 내렸다

불빛 아래 억센 손에 의해 박박 시달렸다
더 뜨거운 맛을 봐야 하는
환골탈태의 과정은 짐작도 못했다

불려 들어간 물속에서 타닥타닥
대책 없던 대책 회의

눈은 있으나 앞은 볼 수 없었다
자주 뭇 잡곡에 섞이며 희미해져 갔다

책장

가슴에 칸칸 피붙이들 가득 꽂고
벽에 붙어 꼼짝 않고 있다

성격도 다르고 내용도 다른 것들
아무리 들이밀어도 뒤로 넘어질 일 없다

주저앉고 싶은 마음, 바닥으로 휘는데
두께가 두껍고 난해한 몇 권 위협적이다

재미있는 것들은 쉽게 낡아가고
침묵하고 있는 이기적인 몇 권
팔짱 끼고 구석에 끼어 뻐딱하다

유리문 안에 모셔진 것들
바닥에 뒹구는 것들
오랫동안 가슴에 안았던 피붙이들이다

낱장 하나 스스로 빼내지 못하고
무거운 주장들 끌어안고 있는
끙끙거리는 저 미련한 짐꾼이라니

가을비에 젖은 낙엽

몸이 아픈 이유와
마음이 상한 이유, 비슷하다
아픈 몸 위로 속상한 마음 떨어진다
겹겹이 쌓인다 붉고 노란 얼굴들

병원 밥이 맛있다는 엄마
병원 생활이 재미있다고
문병 올 필요도 없다며
병실 침대에 붙어 있다
간이침대에 앉아 있는 딸
이만하길 다행이라며 살짝 포개진다

가을비에 낙엽이 젖는다
높은 곳에서 떨어진 낙엽
낮은 곳에서 떨어진 잎사귀

두더지 여자

옆집에는 자주 두통을 호소하는 여자가 살았다
그녀의 방은 생을 어지럽힌 책들로 어질러져 있었다

컵라면 빈 컵과 빈 과자봉지가
빵빵하게 헛배 불러 있었고

궁핍의 흔적을 지워보려는 몇 장의 옷가지와
꺼지지 못하는 노트북이 헛꿈을 꾸고 있었다

한때는 하늘의 태양과 결혼하겠다며
신분상승을 꿈꾼 이력도 있었고

가끔은 부스럭부스럭 문밖으로 새어나오는 소리로
존재를 드러낸 이력도 있었다

동네에서는 잘 보이지 않던 옆집 여자
어느 날 큰 식당에서 보았다

두더지 잡기 놀이처럼
앞치마를 두르고 어딘가로 들어갔다가 나왔다가 했다

세상살이가 협소하고 불리한 조건에도 잘 파헤쳐가는
그녀가 지나간 자리, 거품처럼 부풀려져 있었다

통하는 시간

산책길 갈대숲에서
새끼 고라니 한 마리가 불쑥 나타났다

놀란 눈으로, 슬픈 눈으로
한순간 서로 바라보았다

어느 생에선가는 각별했을 사이
이 한 번의 만남을 위해

몇 생을 시공과 종을 바꾸어가며
이토록 어긋나게 태어났던가

전생과 전 전생까지 다 통함에는
한순간이면 충분했다

이생에서 새끼 고라니는 갈대숲으로 가고
나는 가던 길을 걸어갔다

오래된 성곽

허리가 굽고 등이 튀어나왔다
세월에 눌린 성벽처럼
성안의 몇 채 있던 초가집은
현대식 기와로 바뀌었다
본질은 그대로인데 현실을 쫓는 마음처럼
구멍 뚫린 나무는 우거져 새와 벌레가 많은데
아래에는 나무 벤치가 놓였다
평생 갚아도 다 못 갚을 빚처럼
손보지 않은 색 바랜 정자가
아슬아슬 삐걱거렸다
잘 간직하고 싶던 추억처럼
성 꼭대기까지 오르는 넓은 길은 반질반질했고
발길이 적은 오솔길은 잡초에 묻혔다
외길로만 내달리는 생각처럼
외세의 침략을 대비하고
내세를 다스려야 하는 오래된 성
오늘도 쳐들어오는 적들이 많은 피곤한 성
나는 보이지 않게 허물어지는 위험한 성벽이었다

매실 담그기

태생이 그런 모습일 수도 있고
살다가 주눅 든 모습일 수도 있다
푸르뎅뎅 시큼 떫떠름한 매실
빛깔이 좋지도 달곰하지도 않은
나도 좀처럼 익지 않는다
부글부글 생의 통 속에서
가끔은 설탕 같은 운이 따라주어
이만큼 익었으면 된 것도 같다
자꾸 더 익으려다가
급하게 쪼글거릴 수도 있고
너무 일찍 물러버릴 수도 있다
푸르뎅뎅하게 익은 매실

콩

밭작물이지만
논두렁이나 밭두렁에 심어도 잘 자란다
작대기로 두드리거나
바닥을 쳐 수확한다

곡물이지만 식물 단백질이라는 애칭도 있다
몇 알씩 꼬투리 속에서 함께 자라는데
유독 벌레에게 잘 먹히거나 더디게 자라는 것이 있다
수요와 공급에 따라 그때그때 값이 매겨진다

평소에는 바짝 말려 보관하고
필요시마다 물에 충분히 불려 사용한다
껍질을 홀랑 벗겨야 할 때도 있다

작은 몸이라 어느 구석으로든 잘 굴러간다
양심껏 반 쪼가리가 되거나
맷돌에 갈리는 운명도 타고났다

잘 익으면 고소하지만
잘 익지 못하면 비린내가 난다
좋아하는 사람도 있고 싫어하는 사람도 있다
콩깍지 뒤에 숨고 싶을 때 많다

벙어리 시인

아가는 운다
배가 고파도
배가 아파도
똥을 싸고 놀라도
말을 못 하니
아가는 운다
우는 것이 아가의 말이다

자라면 울지 않고
말을 할 것이다

나는 시를 쓴다
배가 고파도
배가 아파도
외로워도 쓰고
두려워도 쓴다
시를 쓰는 것이
말을 하는 것이다

시를 더 많이 쓰면
말 못 하는 시인이 될 것 같다

오렌지 부처

울퉁불퉁 두툼한 껍질 모양은 둥글둥글하다
붉은색도 노란색도 아니지만 태양과 비슷하다

벌어진 배꼽으로 복장服藏을 탐구한다
꼼짝 못하게 꼭지와 밑동을 잘라낸다

껍질째 동그랗게 토막을 낼까
세로로 칸칸으로 토막을 낼까

껍질을 완전히 벗겨내고 조각조각 떼어낸다
순순히 드러나는 상쾌한 향기

상큼하게 씹히는 즙 많고 부드러운 과육
잔인한 영혼, 한 입 가득 자비를 베푸는 부처다

깔끔한 각오

멸치의 머리가 말라 쪼그라졌다
맹수들 틈에서 빠르게 굴렸을 눈알 마침표
살아남기 위한 예측과
살아보기 위한 기대로
자잘한 계획 수없이 세웠겠다

비릿한 생
속이 타들어 가며
삶아지는 시간
빗나가는 예측과
엇나가는 기대
틀어지는 계획을 감지하고
몸은 더 빠르게 굳어갔겠다

작은 머리와 시커먼 똥을 빼내자
볶아지면 볶아지는 대로
조려지면 조려지는 대로
매운 고추장도 마다하지 않겠다는
각오가 깔끔하다

4부

실직 후

쓸데없는 자유가 켜켜이 겹쳐 바닥을 덮는다
잘린 것들이 불편하게 누워 있는 오후 미용실
너무 많은 시간과 공간으로 곰팡이 핀 마음 같다

어느 사이 자라난 덥수룩한 우울
얼굴과 목덜미에 달라붙은 토막 난 집착들
스펀지로 가볍게 털어낼 수는 없을까

애쓰지 않는데도 길어지는 웃자라는 고집
자꾸 틀어지는 생의 밸런스 심판하는
빗과 가위 앞에 머리를 조아린다

이쪽을 커트하고 저쪽을 커트하다 보니
심하게 커트 당한 내가 거울 앞에 있다

마음 세우기

비바람이 심하게 분다
누렇게 익던 벼들이 논바닥으로 엎친다

엎친 벼 위로 벼가
엎친 슬픔 위로 슬픔이 덮친다

며칠만 그대로 두면 썩거나 싹이 난다
쓰러진 벼들끼리 묶어 세운다
쓰러진 마음을 일으켜 세운다

한번 묶인 것이 다시 쓰러지면
이미 묶인 것들끼리 다시 묶어 세운다
밑동이 넓어진다

여러 번 묶인 벼 다발은 흔들릴 뿐 쓰러지지 않는다
벼 다발처럼 마음을 자꾸 일으켜 세운다

환생하는 꿈

저승에는 문이 두 개 있었다
일반으로 들어가는 문과 시인으로 들어가는 문이었다
죽어서도 시인인 것을 기뻐하며 시인의 문으로 들어갔다
문 안에는 화려하지는 않지만 부유해 보이는 세상이 있
었다
사람들은 천천히 산책하며 먼 곳을 보고 있었고
움직임도, 이야기도 조용조용했다
더러는 익숙한 모습의 사람들도 보였다
기형도 시인이 잠시 바라보았는데 인사를 못했다
서정주 시인도 저쪽에서 누군가와 이야기를 나누고 있었고
천상병 시인도 웃는 모습을 보였다
머뭇거리고 있는데 윤동주 시인이 다가왔다
주변을 둘러보며 여기는 시인들의 세상이라고 했다
전생에서 쓴 시가 이곳에서는 재산이라고 했다
꿈인지 몽상인지 문득 깨어나니 아침 햇살에 눈이 부신다
아직 나는 이 세상에 있었다
써 놓은 시가 부족해 되돌아온 것만 같았다
이 생에서 슬프고 외롭게 시를 쓰는 일이 복을 쌓는 일 같
았다

나비의 세상

유채꽃밭은 나비의 세상
나비 나는 곳이 꽃밭이다
돌 위에 앉았다가 나뭇가지에 앉고
나비는 제멋대로 산다

알에서 애벌레, 번데기의 삶을 거쳤지만
과거 생의 영향 없이 재탄생에 성공한 나비
알록달록 완벽한 다른 모습이다

세상을 맨몸으로 기어 다닌 애벌레의 기억과
꿈틀거리는 징그러운 몸통을
번데기 속에서 물로 녹이는 수행이 있었다

나는 잠자리에서 번데기처럼
이불을 돌돌 말고 잠들지 못한다

하루를 되새기고
한 달 전 일까지 되새기느라 끙끙댄다
언제 이 많은 업을 물로 녹이고
훨훨 나비처럼 날 수 있을지 까마득하다

뚜껑들

잡아당기거나 비틀어서 열어야 하는 것은 쉬운 뚜껑이다
뚜껑을 여는 방법도 천차만별이고 모든 것은 뚜껑 속에
들어 있다

내가 열지도 않았는데 이미 열린 뚜껑도 있다
쉽게 여는 뚜껑이 의미가 없어질 즈음 무겁고 어려운 뚜
껑들이 나타난다

뚜껑 여는 방법을 터득하는 것이 세상을 터득하는 것이라
고 여기며 산다
밖에서 바라보기만 할 뿐 영원히 열 수 없는 뚜껑도 많다

뚜껑 여는 일에만 전념하다 보니 너무 많은 뚜껑을 열었
나보다
열린 뚜껑 밖으로 흘러넘치는 진물들 바라본다.

사방이 벽인 굳게 닫힌 곳에서 이리저리 부딪치며 멍들어
가고 있다
나는 지금 어느 뚜껑 속에 있는가 뚜껑 열린 주둥이를 찾
을 수 없다

마음 공장

몸은 마음 공장이다
좌심방 우심방 좌심실 우심실
피로 마음을 만든다

찢어지는 듯 아프고
갈피를 잡지 못하는 마음이
자동장치로 정착된 그곳에서

끓어오른다, 핑핑 돈다
솟구친다, 끈적끈적하다
둥둥 떠다닌다

조절하려 해도 조절이 안 되는
가까운 곳에 있지만 너무도 먼
피가 가득한 그 방에 마음이 있다

코로나, 그해 봄

뾰족한 곳에서 느닷없이 꽃이 피었다
곳곳에서 노랗게 개나리가 피었고
해열제처럼 봄비가 내렸다

아픈 사람들의 숫자는 늘어갔고
많이 아픈 사람들은 죽어갔다
꽃 축제는 비교적 공평하게 축소되었다

꽃잎이 영수증처럼 떨어진 후에도
치료는 되지 않았다 어떤 위로도 없이
계절은 초록으로 넘어갔다

부딪힐 때마다 멍이 들었고
짚고 넘어가야 할 일들은 쌓이다가 썩어갔다
시는 오다가 길을 틀고
나는 곳곳에 신상정보를 흘리고 다녔다

이제는 세상 읽는 방법이 바뀌었다며
수강생을 모집하는 사람도 있었다
모든 것을 다시 시작해야 한다며
억지로 그는 내게 전단을 쥐여 주었다

>
그해 봄, 출판된 내 노란 시집은
노랗게 떠서 구석에 처박혀 버렸다

박태기

삶을 막 패대기쳤을 것 같은 박태기는
굵은 근육도 없고 키도 작으면서
성질만 불같은 남자네

커다란 그늘이 있는 나무가 아니네
사철 푸른 나무도 아니네

하트 모양 잎사귀가 달리는
넉넉한 사랑이 가득한 나무네

그를 위해 밥을 하고
그를 위해 꽃이 되고 싶네

그의 몸에 달라붙어 간지럼을 태우다가
주렁주렁 그의 열매를 낳고 싶네

그의 하트 잎사귀가 커지면
그 속에 아예 들어가 살고 싶네

양파의 혁신

맵고도 달큼한 성질이 일품이다
이곳저곳 모나지 않게 어울려 다니는 양파
삶의 풍미와 태도가 잘 갖추어진
뽀드득 겉모습 속에 미끈거리는 불안 깔려 있다
벗겨낼수록 작아지는 자아
점점 줄어드는 존재감
양파는 링으로 혁신한다
삶을 링으로 조각내니 긍정의 효과가 난다
동그라미 모양이 되어 순순히 삶의 설문조사에 응한다
잘못 풀린 어떤 양파링은 봉투 속에서
골다공증을 앓으며 바삭거렸지만 혁신은 좋은 것이다

유리는 관계다

우리에게는 유리의 성질이 있다
보고 싶은 마음과
보여주고 싶은 마음 사이에
유리를 닦는 사람과
유리에 기대는 사람이 있다
사방이 유리벽일 때
우리는 불편하다 위험하다
비바람을 막아 주며 반짝이는 유리, 깨진다
산산조각 깨진 관계에는
날카롭게 번득이는 것들이 있다
깨져도 날카롭지 않으면 관계가 없는 것인데
어느 순간 유리의 성질이 바뀐다
우리는 깨져도 베거나 찔리지 않는다
쨍그랑 파편을 튕기며 깨져야 할 유리
힘없이 가루로 부서져 내린다
그것이 발전된 우리의 관계다
벽과 벽 사이에 유리가 관계한다

양수 한 그릇

어버이날 묽은 갈비탕 2인분
자동차 뒷자리에 싣고 가는데
양수 출렁이는 소리가 난다
국물 속에 웅크린 갈비가 움찔

흔들리며 자리를 바꾸며
잘 먹히기 위해 무럭무럭
핏속에서 건져 올려지던
아득한 칼날의 순간이 있었다

양수에서 둥둥 떠다니던 버릇
고치지 못하고 굵어진 뼈
세상의 부유물이 되어, 꿈틀꿈틀
반백 년 끓어도 맛나지 않은 삶

갖가지 조미료에 상처받고
주눅 든 입맛, 엄마의
양수 한 그릇 먹으러 간다

사다리의 유언

아버지가 만든 나무 사다리에 오빠가 올라갔다
지붕의 떨어진 기왓장을 덧대는 일이었다
사다리는 지붕까지 닿았지만 삐걱거렸다
오빠는 몇 번이나 사다리를 두들겨 보며
고개를 갸우뚱했다 나를 불러
사다리를 꽉 잡으라고 했다
작고 약한 나는 사다리 잡는 일이 버거웠다
사다리 꼭대기에서 오빠는 더 꽉 잡으라고 소리쳤다
내가 아무리 꽉 잡아도 사다리는 삐걱대며 휘청였다
사다리가 이상하다고 그만 내려오라고 소리쳤지만
오빠는 아직 작업이 끝나지 않았다고
온몸에 더 힘을 주며 사다리를 자극했다
우지끈 사다리 중간 토막이 부러지며
오빠는 마당에 나뒹굴었다
오빠는 오랫동안 목발을 짚고 다녔다
아버지가 만든 사다리는
조각조각 불쏘시개로 들어갔다
아버지는 다시는 사다리를 만들지 않았다
부러질 염려도 없고, 가벼운
알루미늄 사다리가 세상에 흔하지만
오빠와 나는 사다리를 멀리하는 버릇이 생겼다

지독한 진보

독한 냄새가 난다
찌든 때는 지우고
너무 선명한 색깔은 흐려 놓던가 확 빼버린다

썩어 막힌 곳은 뚫고
질기디질긴 곰팡이 핀 고집
어쩌다 생긴 얼룩은 용납하지 않는다
세상을 반짝반짝 닦아내는 사명을 타고난다

더러운 곳은 깨끗하게
깨끗한 곳은 더 깨끗하게
진한 액체 세제 락스
청소도구 옆에서 묵직하게 서 있다

초토화된 그가 지나간 자리
드디어 그는 양심의 짐을 던다

사진관 풍경

잘 웃어지지 않는다
웃지 말아야 할 곳에선 잘도 웃더니

시집 프로필 사진을 찍는데,
사진사가 표정이 안 잡힌다며 연신 셔터를 누른다

눈을 초롱초롱 뜨고 웃어보라고,
입꼬리를 살짝만 더 들어 올리라고 주문한다

평생 한 번도 지어보지 못한 표정이다
이런 표정도 갖지 못하고 어찌 살아왔는지
벽에는 모범적인 표정들이 걸려 있다

사진사가 컴퓨터에 칩을 꽂고
실패한 표정들을 지운다 눈그늘과 잡티도 지운다

밝게 살아나는 사진 속의 나,
큰 주름, 작은 주름도 딸깍딸깍 지운다

커서가 깜박거릴 때마다 내가 조금씩 지워지고
내가 아닌 내가 살아난다 나도 그렇게 살고 싶다

줄
― 그네 위에서

그네 위에서 줄이 허락하는 범위까지 뒷걸음질 친다
더 물러날 뒤가 없을 때
발로 땅을 박차고 온몸을 줄에 맡긴다

줄에 매달려 허공을 밟는다
줄에 매달려 흔들리다 보면 끝나도 끝난 게 아니다
중간중간 발을 굴러 몇 번의 왕래를 유지한다

줄을 꽉 잡고 가만히 멈춰 있다가
마음껏 뒷걸음질 치다가
발을 굴러 되살아나는 연습을 그네 위에서 혼자 하고 있다

줄 없는 세상이 불안하다

진실 혹은 지혜의 생생한 형상들
— 이선희의 시세계

이은봉 시인, 광주대 명예교수, 대전문학관 관장

진실 혹은 지혜의 생생한 형상들
— 이선희의 시세계

이은봉 시인, 광주대 명예교수, 대전문학관 관장

최근 들어 대한민국의 많은 예술이 속박과 질곡의 터널을 지나고 있다. 시도 마찬가지이다. 시도 뒤죽박죽 뒤섞인 채 아픔과 괴로움의 터널을 지나고 있다. 아픔과 괴로움의 터널을 지나면 대한민국의 현실에 새롭고 산뜻한 시가 찾아올 수 있을까. 나로서는 쉽게 짐작이 되지 않는다. 무엇보다 시인들이 시를 나날의 역사적 현재로부터 너무 멀리 도피시키고 있는 것 같아 안타깝다. 시인들이 자신이 처한 역사적 현재를 잃어버린 채 헤매다 보니 시가 제대로 된 방향을 모색하지 못하는 것 아닌가 싶다.

이제 시인들은 시를 통해 더 나은 삶을 위한 나날의 진실 혹은 지혜를 탐구하지 않아도 되는가. 나로서는 그렇다고 대답할 자신이 없다. 요즈음 들어 시인들이 사람살이 진실 혹은 지혜에 대한 탐구를 포기하고 있다면 그 원인이 무엇인가. 아마도 그것은 오늘의 시가 비판적 미래 전망과 함께하는 역사적 현재를 잃어버리고 데서 오는 듯도 싶다.

역사적 현재를 잃어버린다는 것은 구체적인 삶의 현실을 잃어버린다는 것이기도 하고, 깨어 있는 일상의 사람살이를 잃어버린다는 것이기도 하다. 그렇다. 좀 더 구체적으로 말하면 객관적 현실이 지니고 있는 섬세한 세부를 찾아보기가 힘든 것이 최근의 한국시이다. 깨어 있는 삶의 구체적인 장면들보다 미몽의 관념적인 의식들이나 무의식들이 상대적으로 전경화되고 있는 것이 오늘의 한국시라는 것이다.

　요즈음의 한국시에 상대적으로 외적 구상具象이 약화되고 내적 추상抽象이 강화되고 있는 것도 이와 무관하지 않다. 아마도 이는 지금의 한국시가 남보다는 나에, 타자보다는 자아에 집착해 있는 데서 기인하는 듯도 싶다. 개별적 자아 내면의 의식이나 무의식에 지나칠 정도로 함몰되어 있는 것이 최근의 한국시라는 것이다.

　지금의 한국시가 갖고 있는 이러한 모습, 곧 중용을 잃고 있는 모습으로는 한글을 사용하는 예술인구 일반과 심미적으로 호흡하기 어려워 보인다. 독자와의 심미적인 호흡과는 무관한 채 시라는 이름으로 거기 그냥 기투되어 있기만 하면 시라는 존재가 제대로 제 역할을 하거나 기능을 하거나 하기 힘들다. 따라서 정작 필요한 것은 외적 구상의 맹목적인 파괴가 아니라 새로운 구상과 함께하는 깨어 있는 의미망의 확보라고 하지 않을 수 없다. 여기서 말하는 깨어 있는 의미망의 확보가 오늘의 시대와 발맞춰 펼쳐지는 사람살이의 올곧은 진실 혹은 지혜와 무관하지 않으리라는 것은 불문가지이다. 이를테면 오늘의 시가 새롭게 전개되는 지금의 현실에 합당한 정작의 진실 혹은 지혜를 섬세하면서도 구체적인 형상으로 담아낼 수 있어야 하리라는 것이다.

시인 이선희의 이번 시집『환생하는 꿈』에 수록되어 있는
시들은 다름 아닌 이러한 맥락에서 상대적으로 돋보인다.
섬세하면서도 구체적인 형상으로 새롭게 펼쳐내는 사람살
이의 진실 혹은 지혜를 설득력 있게 포착해내고 있는 것이
이 시집에 실려 있는 그의 시들이기 때문이다. 이번 시집『환
생하는 꿈』과 함께하고 있는 그의 시들은 시인의 예민하고
섬세한 관찰력에 의지하고 있어 더욱 관심을 끈다. 예민하
고 섬세한 관찰력이라고 했지만 그의 시에서 이는 곧바로 통
찰력과 통한다. 사실적 형상을 사실적 형상 그대로 드러내
면서도 그와 동시에 사람살이의 진리나 지혜를 한순간에 포
착해내는 통찰력을 기반으로 하는 것이 이번 시집과 함께하
는 그의 시라는 것이다. 그럼 일단은 다음의 시부터 꼼꼼히
읽어보자.

> 온갖 잡동사니들이 들어 있을
> 무엇을 쑤셔 넣으면 한없이 들어갈
> 바퀴 달린 가죽가방
>
> 비뚤어지게 서 있는 것이
> 희끗희끗 때 묻은 것이
> 울퉁불퉁 늘어진 것이
> 벌써 여러 곳을 거쳐 왔을
> 바퀴 달린 가죽가방
>
> 여행의 경유지나 기착점을 모르는 채
> 속이 열릴 때까지 지퍼를 닫고 굴러갈

바퀴 달린 가죽가방

낡은 바퀴로 끝까지 가 보겠다며
공항 대기실, 의자 옆에 손들고 서 있는
바퀴 달린 가죽가방
— 「바퀴 달린 가죽가방」 전문

이 시는 "공항 대기실, 의자 옆에" 놓여 있는 "바퀴 달린 가죽가방"을 묘사하고 진술하는 데 초점이 있다. 겉으로 보기에 이 시에 진술되어 있는 "바퀴 달린 가죽가방"은 그저 "바퀴 달린 가죽가방"일 따름이다. 하지만 거듭해 읽다가 보면 이 시에서의 "바퀴 달린 가죽가방"이 시인 저 자신을 상징하는 이미지일 수도 있다는 생각이 든다. "여행의 경유지나 기착점을 모르는 채/ 속이 열릴 때까지 지퍼를 닫고 굴러갈/ 바퀴 달린 가죽가방"이 주어진 삶의 "끝까지 가 보"려는 시인 자신의 객관상관물로 읽힐 수도 있다는 것이다.

이처럼 시인은 사람살이의 고샅고샅에서 만나는 생활의 도구들로부터도 쉽게 저 자신의 현존적 실재나 사람살이의 진실 혹은 지혜를 발견하고는 한다. 그의 시의 이러한 특징은 벽에 붙어 있는 시계로부터 삶의 '경전'을 깨닫고 있는 「시계 경전」 같은 시에서도 어렵지 않게 발견된다. 자신의 시를 통해 "흰 바람벽이 받들어 모신다/ 수시로 올려다보는 시계는/ 때때로 약이 되기도 하는 경전"이라는 깨달음을 얻기도 하는 것이 시인 이선희라는 것이다. 그에게는 시계의 "초침 분침 시침"이 "따끔한 침이 되기도 한다"는 것을 간과해서는 안 된다.

위의 시들에서 시인이 저 자신의 현존적 실재나 사람살이의 진실 혹은 지혜를 깨닫고 있는 '가죽가방'이나 '시계'는 공히 일상의 나날에서 누구나 쉽게 접할 수 있는 소품들이거나 사물들이다. 생활의 이곳저곳에서 쉽게 만날 수 있는 소품들 혹은 사물들을 매개로 저 자신의 현존적 실재나 사람살이의 진실 혹은 지혜를 깨닫고 있는 것이 시인 이선희의 시라는 것이다. 말하자면 나날의 사람살이 함께하는 다양한 소품들이나 사물들을 매개로 저 자신의 현존적 실재나 사람살이의 진실 혹은 지혜를 탐구해온 것이 그의 시라는 것이다. 그의 시가 지니고 있는 이러한 면은 다음의 예에 의해서도 익히 확인이 된다.

반경 안에서 움직이는 것들에만 반응하는 습성이 있다
반경 안으로 들어오는 것들에 의해서만 밝아진다

더러는 헛것으로 밝아지기도 하고
가끔은 착각으로 밝아지기도 한다

반경 안에 들어와 팔을 휘젓는 물체를 보지 못하는 경우도 있다
필요 없이 반응하거나 너무 늦은 반응으로 자주 의심을 산다

혼자 켜지고 꺼진다
울다가 웃는다 혼자

좀처럼 반경 안으로 들어서려 하지 않는 물체를 기다린다
오래전부터 준비 완료 상태로 어둠 속에서 늙고 있다
　　—「현관의 센서 등」 전문

　이 시에서도 시인은 나날의 일상에서 직접 관찰할 수 있는
소품들이나 사물들로부터 깨닫는 저 자신의 현존적 실재,
나아가 사람살이의 진실이나 지혜를 포착한다. 여기서 말하
고 있는 소품들이나 사물들이 이 시의 경우에는 물론 '현관
의 센서 등'을 뜻한다. 그렇다. 이 시에서 '현관의 센서 등'은
"반경 안에서 움직이는 것들에만 반응하는 습성"을 갖고 있
다. "반경 안으로 들어오는 것들에 의해서만 밝아"지는 것이
센서 등이라는 뜻이다. 하지만 이 '현관의 센서 등'이 "더러
는 헛것으로 밝아지기도 하고/ 가끔은 착각으로 밝아지기도
한다"는 것을 소홀히 여겨서는 안 된다. "반경 안에 들어와
팔을 휘젓는 물체를 보지 못하는 경우도 있"지만 "필요 없이
반응하거나 너무 늦은 반응으로 자주 의심을" 사기도 하는
것이 '센서 등'이라는 얘기이다.
　이 시의 여기쯤 읽다가 보면 예의 '현관의 센서 등'이 시인
저 자신의 객관상관물일 수도 있다는 생각이 들기도 한다.
시인이 저 자신의 현존적 실재에 대한 깨달음을 '현관의 센
서 등'에 빗대어 노래하고 있는 것이 이 시일 수도 있다는 것
이다. 이러한 생각은 '현관의 센서 등'을 두고 "혼자 켜지고
꺼진다/ 울다가 웃는다 혼자"라고 말하고 있는 대목에 이
르러 좀 더 구체적으로 징험이 된다. "좀처럼 반경 안으로
들어서려 하지 않는 물체를 기다"리는 '현관의 센서 등', 곧
"오래전부터 준비 완료 상태로 어둠 속에서 늙고 있"는 '현

관의 센서 등'으로부터 진실하고 지혜로운 모습의 시인 자신의 모습을 읽기는 어렵지 않다.

이 시에 드러나 있는 '현관의 센서 등'에서 읽을 수 있는 시인의 진실이 얼마나 지혜롭게 저 자신을 현현해내고 있는가에 대해서는 덧붙여 설명할 필요가 없다. 앞의 시 「바퀴 달린 가죽가방」에서도 시인의 진실이 포착하고 있는 지혜로운 삶의 국면들이 익히 확인된 바 있기 때문이다. 사람살이의 소품들이나 사물들로부터 깨닫는 시인 자신의 진실하고 지혜로운 모습은 「마른미역」 같은 작품에서 이내 확인이 된다. "바싹 쪼그라들어 있"는 "까칠하게 마른미역", 즉 "물에 넣으니 금세 부풀어 오"르는 마른미역에서도 시인 저 자신이 깨닫고 있는 진실하고 지혜로운 현존적 실재를 읽을 수 있기 때문이다.

사람살이의 소품들이나 사물로부터 깨닫는 시인 자신의 진실하고도 지혜로운 모습은 「엄마의 칼」과 같은 작품에도 여실하게 드러나 있어 관심을 끈다. "밭에서 시금치를 캐고 있"는 엄마의 "뭉툭해진 칼"에서, 곧 엄마에 의해 "밭고랑에 던져둔" "흙이 묻은 칼"에서 저 자신의 현존적 실재를 진실하면서도 지혜롭게 깨닫고 있는 것이 시인 이선희이기 때문이다.

물론 그가 사람살이의 이런저런 소품들이나 사물들로부터 저 자신의 진실한 현존적 실재만을 엿보고 있는 것은 아니다. 한편으로는 예의 소품들이나 사물들로부터 비롯되는 엉뚱한 발상을 통해 사람살이 일반이 지니고 있는 비극적 상황을 압축해내기도 하는 것이 그이기도 하기 때문이다.

회원카드 신용카드 대출카드로
흥청망청 재미나게 살았다

어느 날 옐로카드 레드카드가
그를 낭떠러지로 밀어붙였다

이제 술과 꽃과 음식이 자동으로
배달되는 검은 카드 한 장 앞에 꽂았다
　　　　　　　　　　　　　　　—「비석」전문

　이 시의 제목은 비석이다. 하지만 이 시의 본문에 비석이
라는 어휘는 한 번도 사용되지 않는다. 서두를 장식하는 "회
원카드 신용카드 대출카드"로부터, 나아가 "배달되는 검은
카드"로부터 그저 우회적으로 비석을 연상해낼 수 있을 뿐
인 것이 그의 이 시이다. 그렇다. 시인은 이 시를 통해 단말
기에 꽂혀 있는 신용카드로부터 반석 위에 꽂혀 있는 비석을
연상해내고 있는 것이다. 그리고 그는 그것으로 지금 이곳
사람들이 처한 사람살이의 현실을 응축해내고 있다. "회원
카드 신용카드 대출카드"로 "흥청망청 재미나게 살"다가 그
것이 "어느 날 옐로카드 레드카드가" 되어 "낭떠러지로" 떨
어뜨리는 사람살이의 현실 말이다. 물론 이 시의 말미에 표
현되어 있는 "이제 술과 꽃과 음식이 자동으로/ 배달되는 검
은 카드 한 장 앞에 꽂았다"는 말로 비석을 연상시키고 있는
대목도 두루 관심을 끈다.
　일상의 이런저런 소품들이나 사물들로부터 깨닫는 시인
자신의 현존적 실재나 사람살이의 진실 혹은 지혜는「함정

에 빠진 소」, 「빨래 일가족」, 「오렌지 부처」 등의 시에서도 확인이 된다. 그런가 하면 시인은 다른 한편으로 이들 소품들이나 사물들로부터 가까운 사람들의 삶을 발견하기도 하고 깨닫기도 하고 한다. 「박태기」 같은 시가 그 대표적인 예인데, 특이한 꽃을 피우는 이 '박태기'로부터 시인이 "그를 위해 밥을 하고/ 그를 위해 꽃이 되고 싶"은 "넉넉한 사랑"을 발견하고 있기도 하기 때문이다.

> 삶을 막 패대기쳤을 것 같은 박태기는
> 굵은 근육도 없고 키도 작으면서
> 성질만 불같은 남자네
>
> 커다란 그늘이 있는 나무가 아니네
> 사철 푸른 나무도 아니네
>
> 하트 모양 잎사귀가 달리는
> 넉넉한 사랑이 가득한 나무네
>
> 그를 위해 밥을 하고
> 그를 위해 꽃이 되고 싶네
>
> 그의 몸에 달라붙어 간지럼을 태우다가
> 주렁주렁 그의 열매를 낳고 싶네
>
> 그의 하트 잎사귀가 커지면
> 그 속에 아예 들어가 살고 싶네
> ─「박태기」 전문

이 시에서 '박태기'는 서두부터 '성질만 불같은 남자'로 의인화된다. "삶을 막 패대기쳤을 것 같은", "굵은 근육도 없고 키도 작으면서/ 성질만 불같은 남자" 말이다. "커다란 그늘이 있는 나무가 아니"고 "사철 푸른 나무도 아닌" 박태기! 그래도 그가 보기에는 이 '박태기'가 "하트 모양 잎사귀가 달리는/ 넉넉한 사랑이 가득한 나무"라는 것을 기억해야 한다. "그의 몸에 달라붙어 간지럼을 태우다가/ 주렁주렁 그의 열매를 낳고 싶"은 박태기, 사람의 이름 같기도 한 이 박태기가 구체적으로 누구인지는 구태여 말하지 않아도 잘 알수 있을 듯싶다. "그의 하트 잎사귀가 커지면/ 그 속에 아예들어가 살고 싶"은 남자가 바로 그이기 때문이다. 이들 구절로 미루어 보면 시인이 "아예 들어가 살고 싶"은 남자는 더없이 행복할 것으로 보인다. "그를 위해 밥을 하고/ 그를 위해 꽃이 되고 싶"은 여자가 늘 곁에 있을 것이기 때문이다.

이 시에서 확인할 수 있는 것처럼 사람살이의 이런저런 소품들이나 사물들로부터 그는 저 자신만이 아니라 적잖은 타자들도 깨닫고 있는 것을 알 수 있다. 우선은 이들 소품들이나 사물들로부터 긍정적이고 모범적인 타자를 발견하고 있는 시부터 함께 읽어보기로 하자.

각이 있거나 볼품없이 길쭉하지 않다
너무 둥글지 않아 쉽게 굴러다니지도 않는다

얇고 매끈한 껍질 벗겨 먹기가 쉽다
그렇지만 자기 빛깔은 분명하다

적당히 작아 만만해 보이기도 하지만
속에 많은 씨앗도 있다
쉽게 상하지 않을 근육은 두툼하다

알고 보면 내면에 여백도 있어
너무 진하지 않게 향기도 낼 줄 안다
　　　―「참외의 조건」전문

　이 시 역시 자연물로서의 참외 그 자체보다는 참외로 상징
되는 어떤 인물형상을 함축하는데 초점이 있다. 물론 이 시
에 참외로 상징되어 있는 사람으로부터 시인 저 자신의 진실
하고 지혜로운 인물형상을 발견하기는 어렵다. 시인 저 자
신의 진실하고 지혜로운 인물형상보다는 참외의 특징을 지
니고 있는 "너무 진하지 않게 향기도 낼 줄" 아는 어떤 객관
적 사람을 그리고 있는 것이 이 시라고 해야 옳다. 이때의 어
떤 인물형상을 시인은 "각이 있거나 볼품없이 길쭉하지 않"
은 참외의 모습으로 드러낸다. 이때의 인물형상은 그뿐만
아니라 "너무 둥글지 않아 쉽게 굴러다니지도 않는" 넉넉한
존재이다. "벗겨 먹기가 쉽"기는 하지만 "자기 빛깔은 분명"
한 인물형상 말이다. 구체적으로 누구를 염두에 두고 시인
은 "적당히 작아 만만해 보이기도 하지만/ 속에 많은 씨앗도
있"는 이 인물형상을 창조했을까. "쉽게 상하지 않을 근육"
이 "두툼"한 이 사람 말이다. 시인이 보기에는 "알고 보면 내
면에 여백도 있어/ 너무 진하지 않게 향기도 낼 줄" 아는 사
람이 바로 그이다.
　자연의 사물인 참외로부터 그가 발견하는 긍정적이고 모

범적인 인물형상은 "벗겨 먹기가 쉽다"는 등의 표현으로 보아 어렵거나 낯설지 않은 친근한 사람인 것이 분명하다. 그가 그려내는 긍정적이고 모범적인 사람은 「장미의 의도」, 「파」, 「딱따구리 식당」과 같은 시를 통해서도 충분히 확인이 된다. 이들 시는 공히 사람살이의 소품들이나 사물들을 소재로 삼고 있거니와, 이들 사람살이의 소품들이나 사물들로부터 삶의 진실한 형상들을 발견하고 있는 그의 솜씨는 실로 놀랍다. 사람살이의 사물들이나 일상의 소품들로부터 일상의 나날이 지니고 있는 진실한 가치나 올곧은 의지를 발견하거나 깨닫고 있는 것이 시인 이선희라는 것이다. 다음의 시야말로 이러한 맥락에서 읽을 수 있는 대표적인 예이다.

가시 하나쯤 달고 펼쳐진 길 묵묵히 걸어가는 줄기가 되고 싶었을 것이다
쉽게 짓이겨지지 않고 한 철 어디에도 물들지 않는 억센 이파리로 살고자 했을 것이다
어쩌다 불쑥불쑥 내밀어지는 어울리지 않는 화사한 얼굴 쑥스러웠을 것이다
고된 노동의 냄새를 숨기려 엉뚱한 향수를 뿌리고 한참을 휘청거렸을 것이다
자꾸 의도에서 벗어나는 삶에 무던히도 온몸을 흔들었을 것이다
색깔을 바꾸어가며 살랑대는 뻔뻔한 얼굴이 만발했을 때였을 것이다
믿는 구석이나 되어주자고 줄기와 이파리는 더 진해지고 더 굵어졌을 것이다
—「장미의 의도」 전문

이 시에서도 또한 시인 이선희는 장미 그 자체를 그려내는 데 초점을 두지 않는다. 시인에 의해 창조된 장미로 상징되는 어떤 사람의 의지나 바람을 담아내고 있는 것이 이 시이기 때문이다. 이때의 어떤 사람이 그가 생각하는 긍정적이고 모범적인 인물형상이리라는 것은 불문가지이다.

장미로 상징되는 예의 인물형상은 일단 먼저 "가시 하나쯤 달고 펼쳐진 길 묵묵히 걸어가는 줄기가 되고 싶"은 존재이다. 시인이 보기에는 " 쉽게 짓이겨지지 않고 한 철 어디에도 물들지 않는 억센 이파리로 살고자" 하는 사람이 바로 그이다. 쑥스럽지만 "어쩌다 불쑥불쑥 내밀어지는 어울리지 않는 화사한 얼굴"을 지니고 있는 사람이 그라는 것이다. 그가 생각하는 긍정적이고 모범적인 인간, 완벽하지는 않지만 순수함을 잃지 않은 인간형상을 시인은 지금 이 시에서 '장미의 의도'라는 이름으로 창조해내고 있는 것이다.

시인 이선희가 장미로부터 "고된 노동의 냄새를 숨기려 엉뚱한 향수를 뿌리고 한참을 휘청거렸을" 수도 있는 인물형상을 창조해내기는 쉽지 않았으리라. 한편으로 그는 장미로 상징되는 이 인물형상이 "자꾸 의도에서 벗어나는 삶에 무던히도 온몸을 흔들었을 것"이라고 짐작하기도 한다.

"색깔을 바꾸어가며 살랑대는 뻔뻔한 얼굴이 만발"하고 있는 것이 현실인데도 구태여 시인이 저 자신의 시에서 이들 인물형상을 창조하고 있는 까닭은 무엇인가. 물론 여기서 그 까닭을 구체적으로 논의하지 못할 이유는 없다. 시인 또한 저 자신이 바라고 기대하는 진실하고도 순수한 사람을 만나고 싶어 하는 마음이 없지 않았을 것이기 때문이다.

따라서 이 시에서 '장미'로부터 깨닫고 있는 예의 인물형상은 시인이 세상을 향해 바라고 기대하는 긍정적이고도 모범적인 인물형상이라고 하지 않을 수 없다. 하지만 조금쯤 돌려 생각하면 이때의 긍정적이고도 모범적인 인물형상은 그가 저 자신을 향해 바라고 기대하는 긍정적이고도 모범적인 인물형상일 수도 있다. 물론 이러한 인물형상은 그의 다른 시에도 잘 나타나 있어 좀 더 주목을 요한다. 다음의 예는 바로 그러한 맥락에서 돋보이는 시라고도 할 수 있다.

> 대충 토막 쳐져 국물만 빼내도 그만이다
> 송송 썰려 당신에게 스며들다가
> 어슷어슷 썰려
> 누구의 보색으로 살아도 그만이다
> 메인으로 매운맛을 내며
> 종종 따끔한 쓴맛도 보여주고
> 뒷맛은 의외의 단맛으로 갈무리하고 싶다
> 뿌리 자르고, 누런 잎 떼어내고
> 손과 발 깨끗하게 씻고 나선다
> 허공을 가로지르는 서슬 푸른 줄기
> 진액 농도로 잘릴지언정 허리 굽히지 않는다
> ─「파」 전문

이 시는 제목 그대로 흔히 음식의 양념으로 쓰이는 '파'를 소재로 하고 있다. 그의 다른 많은 시가 그렇듯이 이 시에서의 '파'도 의인화되어 있는 자연의 사물이라고 할 수 있다. 물론 의인화된 사물이라는 것은 여기서의 '파'도 또한 인물형상을 상징하고 있다는 얘기가 된다.

'파'로 상징되는 인물형상은 '파'로 상징되는 인물형상인 만큼 사람살이에서 양념의 기능을 하지 않을 수 없다. 세상에는 양념의 기능을 하며 사는 사람도 매우 중요하기 마련이고 또 필요하기 마련이다. 그가 비록 "대충 토막 쳐져 국물만 빼내도 그만"인 사람이라고 하더라도 말이다. "송송 썰려 당신에게 스며들다가/ 어슷어슷 썰려/ 누구의 보색으로 살아도 그만"인 사람이 다름 아닌 양념의 역할을 하는 사람이라고 할 것이다.

양념의 역할을 하며 사는 사람을 세상을 위해 봉사하고 희생하는 역할을 하며 사는 사람이라고 부른들 어떠랴. 시인은 이처럼 봉사하고 희생하는 역할을 하는 사람, 곧 양념의 역할을 하며 사는 사람에 대해 매우 호의적인 마음을 갖고 있다. 실제로는 시인 저 자신이 양념의 역할을 하며, 곧 봉사와 희생의 역할을 하며 살고 싶어 하는 지도 모른다. 그가 이 시에서 "메인으로 매운맛을 내며/ 종종 따끔한 쓴맛도 보여주고/ 뒷맛은 의외의 단맛으로 갈무리하고 싶다"고 말하고 있기 때문이다.

시인은 심지어 저 자신의 삶이 "뿌리 자르고, 누런 잎 떼어내고/ 손과 발 깨끗하게 씻고 나"서기를 바랄 정도이다. "허공을 가로지르는 서슬 푸른 줄기/ 진액 농도로 잘릴지언정 허리 굽히지 않"고 사는 삶 말이다. 그의 이러한 삶이 진실하고 지혜로운 마음을 바탕으로 바르고 옳은 세상을 향해 성큼성큼 나아가리라는 것은 불문가지이다.

이처럼 자신의 시를 통해 일상의 무수한 소품들과 사물들로부터 사람살이의 정작의 인물형상을 깨닫고 발견하며 진실 혹은 지혜를 추구해온 것이 시인 이선희이다. 예의 소품들이나 사물들이 더러는 문명의 것이고 더러는 자연의 것이라고 하더라도 이 모든 것들이 사람과 다르지 않다고 받아들이는 능력, 곧 인간으로 치환해 받아들이는 놀라운 능력을 갖고 있는 것이 시인 이선희이다. 그의 시에서 이들 소품들이나 사물들은 사람과 대등하고 동등하게 대접받고 있거니와, 이는 그가 그것들로부터 늘 고귀한 생명을 깨닫고 있다는 뜻이 되기도 한다. 이들 생명을 소중하게 받들고 모시지 않고 인류의 미래는 물론 지구 공동체의 미래도 밝지 않으리라는 것을 그가 모를 리 있겠는가.

명시감상

이선희의 시 「환생하는 꿈」, 「현관의 센서 등」, 「애드벌룬」에 대하여

반경환 문학평론가

이선희의 시「환생하는 꿈」,「현관의 센서 등」,
「애드벌룬」에 대하여

반경환 문학평론가

환생하는 꿈

이 선 희

저승에는 문이 두 개 있었다
일반으로 들어가는 문과 시인으로 들어가는 문이었다
죽어서도 시인인 것을 기뻐하며 시인의 문으로 들어갔다
문 안에는 화려하지는 않지만 부유해 보이는 세상이 있
었다
사람들은 천천히 산책하고 먼 곳을 보며
움직임도 이야기도 조용조용했다
익숙한 모습의 사람들이 더러 보였다
기형도 시인이 잠시 바라보았지만 인사를 못했다
서정주 시인도 저쪽에서 누구와 이야기를 나누는 모습
이 보였고
천상병 시인의 웃는 모습도 보였다

머뭇거리는데 윤동주 시인이 다가왔다

주변을 둘러보며 여기는 시인들의 세상이라고 했다

전생에서 쓴 시가 이곳에서는 재산이라고 했다

꿈인지 망상인지 문득 깨어나니 아침 햇살에 눈이 부신다

아직 나는 이 세상에 있었다

써 놓은 시가 부족해서 되돌아온 것만 같았다

이 생에서 슬프고 외롭게 시를 쓰는 일이 복을 쌓는 일
같았다.

이 세상에서 가장 소중한 것은 돈과 명예와 권력이라고 할
수가 있다. 돈은 자기 자신만의 영지에서 어느 것 하나 부족
한 것 없이 살아갈 수 있게 해줄 수도 있고, 권력은 가장 고
귀하고 찬란한 황금의자에 앉아서 만인들을 복종시킬 수도
있으며, 명예는 사회적 동물로서의 만인들의 존경과 찬양을
받을 수도 있게 해준다. 돈은 타인들과 나누어 가지거나 교
환될 수도 있고, 권력도 타인들과 나누어 가지거나 교활될
수 있지만, 그러나 명예는 그 어느 누구에게도 나누어 주거
나 사고 팔 수가 없다. 돈과 권력은 지극히 세속적이고 일시
적인 것이지만, 명예와 생명은 하나이며, 명예는 예술적인
아름다움의 극치라고 할 수가 있다.

오점 없는 명예는 예술적인 아름다움이고, 모든 시인들의
최고의 목표이자 그 모든 것이라고 할 수가 있다. 시인도 돈
을 가질 수가 있지만, 필요 이상으로 소유하지 않고, 또한,
권력을 가질 수가 있지만, 더없이 공명정대하게 권력을 행
사하며 만인들의 존경과 찬양을 받으면서 떠나간다. 우리
시인들이 자기 자신의 마음과 몸을 청결하게 하고 그토록 시

를 쓰고자 하는 것은 이 세상을 더없이 아름답고 깨끗한 세상으로 만들고 싶어 하기 때문이다. 너무나도 때 이르게 시인의 꿈과 소망을 이루지 못하고 요절한 기형도 시인, 온몸으로 온몸으로 한 송이 국화꽃을 피우며 살다가 갔던 서정주 시인, 이 세상에서의 아름다운 소풍을 끝내고 하늘나라로 돌아간 천상병 시인, 하늘을 우러러 한 점도 부끄러움 없이 살다가 갔던 윤동주 시인 등이 바로 그것을 말해주며, 기형도 시인과 서정주 시인과 천상병 시인과 윤동주 시인은 이선희 시인이 가장 사랑하고 존경하는 이상적인 시인들이라고 할 수가 있다.

이선희 시인의 「환생하는 꿈」은 고귀하고 거룩한 시인들에게 바치는 '송시頌詩'이며, 그 고귀하고 거룩한 뜻을 이어받아 더없이 고귀하고 거룩한 시인으로 탄생하려는 '존재론적 전환의 시'라고 할 수가 있다. 하루 하루가 새로운 나날이듯이, 모든 고귀하고 거룩한 시인은 매 단계마다 기존의 낡은 사고방식과 껍질을 벗고 새로운 시인, 즉, 전인류의 스승으로 탄생하기 위하여 그토록 처절하고 힘든 '고통의 지옥훈련과정'을 거치지 않으면 안 된다. 끊임없이 옛것을 배우고 새것을 익히며, 시인이 시인으로서 태어나 고귀하고 위대한 시인으로 살아가려면 수없이 죽었다가 다시 태어나지 않으면 안 된다. 자연의 아름다움은 우연일 수도 있지만, 예술의 아름다움은 결코 우연일 수가 없다. 자연의 아름다움은 숭고하지 않지만, 예술의 아름다움은 더없이 고귀하고 숭고한 것이다.

이선희 시인의 말에 따르면, 저승에는 두 개의 문이 있었고, 일반인들이 들어가는 문과 시인이 들어가는 문이 있었다고 한다. 이선희 시인은 죽어서도 시인인 것을 기뻐하며 시인의 문으로 들어갔고, 그곳에는 화려하지는 않지만 부유해 보이는 세상이 있었다고 한다. 사람들은 천천히 산책을 하고 먼 곳을 보며, 움직임도, 이야기도, 늘, 항상 사유하며 생각하는 사람들답게 조용조용했던 것이다. 기형도 시인이 잠시 바라보았지만 인사를 못했고, 서정주 시인도 저쪽에서 누군가와 이야기를 나누는 모습이 보였다. 천상병 시인의 웃는 모습도 보였고, 주변을 둘러보며 머뭇거리는데 윤동주 시인이 다가와 여기는 시인들의 세상이라고 했다고 한다. 전생에서 쓴 시가 이곳에서는 재산이 된다고 했는데, 꿈인지 망상인지 문득 깨어나 보니 아침 햇살에 눈이 부셨고, 나는 아직도 이 세상에서 살고 있었던 것이다. 이선희 시인의 「환생하는 꿈」은 오매불망, 꿈에도 그리던 '시인의 천국'으로 들어갔지만, 전생에서 쓴 시가 부족해 되돌아 온 안타까움이 배어 있는 시이며, 이제는 더욱더 온몸으로, 온몸으로 고귀하고 거룩한 시를 쓰겠다는 '자유 의지'가 돋보이는 '명시'라고 할 수가 있다. 왜냐하면 이 세상에서 가장 훌륭하고 복된 직업이 시인이고, 이 세상에서 더없이 슬프고 외롭게 시를 쓰는 일이 가장 복된 일이기 때문이다.

시는 열정이고, 열정은 에너지이고, 에너지는 불꽃이다. 어제도, 오늘도 수많은 시인들의 몸과 마음이 불 타오르고, 이 예술적인 아름다움이 전인류의 마음을 사로잡으며 대대로 이어진다. 기형도 시인에게로 이어지고, 서정주 시인에게로 이어진다. 천상병 시인에게로 이어지고, 윤동주 시인에게로 이어지고, 그 다음에, 이선희 시인에게로 이어진다.

시와 생명은 하나이고, 시와 생명의 불꽃은 이 세상에서 가장 아름다운 명예의 불꽃으로 타오른다. 이선희 시인의 「환생하는 꿈」은 낡디 낡은 시인의 탈을 벗고 고귀하고 거룩한 시인으로 탄생하는 기적의 순간이자, 그 고귀하고 거룩한 시인들에게 '하늘의 축복'이 쏟아지는 너무나도 아름답고 멋진 명시라고 할 수가 있다.

저승은 지옥이 아닌 축복의 땅이 되고, 고귀하고 거룩한 시인들의 열정으로 전인류의 지상낙원인 '시인의 천국'이 펼쳐진다.

오딧세우스와 호머가 살고 있고, 오르페우스와 단테가 살고 있다.

괴테와 셰익스피어가 살고 있고, 보들레르와 랭보가 살고 있다.

기형도 시인과 서정주 시인이 살고 있고, 천상병 시인과 윤동주 시인과 이선희 시인이 살고 있다.

현관의 센서 등

이 선 희

　반경 안으로 들어와 움직이는 것들에만 반응하는 습성
이 있다

　반경 안으로 들어오는 것들이 한정되어 있어 밝아지는
일은 드물다

　가끔 헛것을 보고 밝아지고
　착각으로 밝아지기도 한다
　반경 안에 들어와 팔을 휘젓는 물체를 보지 못하는 경
우도 있다

　필요 없이 반응을 하거나 너무 늦은 반응으로 자주 의
심을 산다

　혼자 켜지고 꺼진다
　울다가 웃는다 혼자

　좀처럼 반경 안으로 들어서려 하지 않는 물체를 기다리며
　오래전부터 준비 완료 상태로 늙고 있다

　이선희 시인은 자연과학자와도 같고, 그는 또한 심리학자
와도 같다. 이선희 시인은 자기 자신의 감정을 숨기고 그 모

든 것을 극사실적으로 묘사하는 작가와도 같고, 그리고, 끝 끝내는 그 메마르고 건조한 '현관의 센서 등'을 너무나도 감 수성이 풍부한 문체로 완성해낸 서정 시인이라고 할 수가 있 다.

이선희 시인의 「현관의 센서 등」은 21세기의 첨단과학의 산물이며, 이 「현관의 센서 등」은 일체의 감정이 없는 냉혈 동물과도 같다고 할 수가 있다. 반경 안으로 들어와 움직이 는 것들에만 반응하는 습성이 있고, 반경 안으로 들어오는 것들이 한정되어 있어 밝아지는 일은 극히 드물다.

하지만, 그러나 그 모든 것을 의심하고 회의하는 심리학 자의 눈으로 살펴보면, 그야말로 첨단과학의 산물인 '현관 의 센서 등'에도 수많은 헛점과 맹점들이 나타나고 있는 것이 다. 가끔은 헛것을 보고 밝아지고, 가끔은 착각으로 밝아 지기도 하고, 때로는 반경 안에 들어와 팔을 휘젓는 물체를 보지 못하는 경우도 있다. 천체 물리학자인 스티븐 호킹은 ' 철학의 시대'는 종말을 고하고 '자연과학의 시대'가 왔다고 호언장담을 했지만, 그러나 그것은 일개 광신도의 헛소리에 지나지 않았다. 존재의 근거가 '무無'인 인간, 이 존재의 정 당성을 마련하지 못한 인간이 그 유한성을 극복하고 전지전 능한 신처럼 살고 싶어했던 욕망이 오늘날의 초고령 사회를 연출해냈다면, 이선희 시인의 「현관의 센서 등」은 산송장이 나 다름없는 치매 환자와도 같다고 할 수가 있다. 혼자 켜지 고 혼자 꺼지는 것이 그렇고, 혼자 울다가 혼자 웃는 것이 그 렇다. 좀처럼 제정신으로 돌아올 수 없는 젊은 날을 그리워 하며, 아주 오래전부터 영원히 불가능한 불로장생의 꿈으로 늙어가고 있는 것이다.

이선희 시인의 「현관의 센서 등」은 자연과학적인 냉멸동물이면서도, 아주 정서가 불안한 치매환자(정신병자)와도 같다. 이선희 시인은 첨단과학의 산물인 '현관의 센서 등'에 인간성을 부여하고, 그것의 양면성을 극사실적으로 묘사해 낸다. "반경 안으로 들어와 움직이는 것들에만 반응하는 습성이 있다", "반경 안으로 들어오는 것들이 한정되어 있어 밝아지는 일은 드물다"라는 「현관의 센서 등」의 기능을 발견하고, 그러나 그 기능을 극적으로 반전시켜, "가끔 헛것을 보고 밝아지고/ 착각으로 밝아지기도 한다/ 반경 안에 들어와 팔을 휘젓는 물체를 보지 못하는 경우도 있다"라는 시구나 "혼자 켜지고 꺼진다/ 울다가 웃는다 혼자"라는 시구에서처럼 바보 천치와도 같은 인물로 희화화시킨다. 스티븐 호킹 같은 천체 물리학자(냉혈동물)가 바보 천치가 된 것이고, 이 바보 천치는 아주 오래전부터 영원히 불가능한 '불로장생의 꿈'으로 늙어버린 치매환자라고 할 수가 있는 것이다.

행복이란 무엇인가? 행복이란 삶의 기쁨과 희열을 느끼는 상태라고 할 수가 있겠지만, 그러나 이 행복의 목표가 삶과 죽음의 질서를 부정하고 영원불멸의 삶으로 이어져서는 안 될 것이다. 시(사상)와 과학은 둘이 아닌 하나이며, 과학이 시를 지배할 때는, 바로 그때에는 인간성이 파괴되고 만물의 죽음으로 이어지게 될 것이다. 오늘날의 자연과학자들은 사는 의미와 살 권리를 다 잃어버린 초고령 사회를 초래한 바보 천치들이며, 너무나도 폭발적인 인구 증가와 함께, 지구촌의 종말을 연출해낸 대악당들이라고 할 수가 있다.

건강한 몸에 건강한 정신이 깃들 듯이, 모든 시인들은 이제부터라도 자연과학의 멱살을 움켜쥐고 제정신을 차리게

하지 않으면 안 된다. 산다는 것은 죽는다는 것이고, 죽는다는 것은 산다는 것이다. 하루바삐 '인생 70'의 '인간수명제'를 실시하여 지구촌을 더욱더 젊고 푸르게 가꾸지 않으면 안 된다.

어느 누구도 이선희 시인의 「현관의 센서 등」처럼, 또는 고독사하는 늙은이나 요양병원의 환자들처럼 살고 싶지는 않을 것이다.

모든 인간들을 행복하게 할 수는 없지만, 아름답고 멋진 죽음, 즉, 전인류가 참여하는 '존엄사'는 얼마든지 가능한 것이다.

이선희 시인은 '일인다역의 모노드라마'의 주연배우이며, 대단히 뛰어나고 훌륭한 시인이라고 할 수가 있다.

애드벌룬

이 선 희

줄 하나만 있으면 하늘
끝까지도 오를 수 있겠다
기회만 되면 붕붕 떠오르는 가벼움
줄 하나에 의지해 오만과 탐욕과
착각을 가득 끌어안고 부풀어 오른다
얼마 후에 찌그러지겠다는
꼬리표가 속절없이 펄럭인다

굳세게 땅을 딛고 살려고
발바닥은 굳은살 박아가며 단단해지는데
내 어디에 생긴 구멍들일까
수시로 들락거리는 헛바람
어디서 불어온 헛된 망상일까 빵빵한 기대
아무리 꽁꽁 동여매도 빠져나가는 탱탱한 生

허공에 떠 있는 찌그러진 애드벌룬
질기디질긴 줄에 매달려 뒤뚱뒤뚱
목을 끊을 수도
줄을 끊을 수도 없다

천제, 황제, 대왕, 왕 등은 인간 중의 인간이며, 전지전능
한 신들이란 최고의 권력자에게 붙여진 이름에 지나지 않는

다. 모든 싸움은 하늘의 제왕이 되기 위한 권력싸움에 지나지 않으며, 권력싸움은 종의 건강과 종의 미래가 달려 있는 사생결단의 싸움이라고 할 수가 있다.

살아서는 천하도 좁다고 으르렁대던 황제도 죽어서는 겨우 몇 평의 땅에 묻혔다라는 반권력적인 비아냥의 말도 있지만, 그러나 최고의 권력자가 되기 위한 싸움은 영원히 멈추지 않는다. 인간 중의 인간, 즉, 전지전능한 신이 되겠다는 권력욕망에는 성적욕망과 상승욕망이 겹쳐져 있다. 만인들을 지배하고 다스리겠다는 권력욕망에는 전지전능한 신이 되겠다는 상승욕망이 작용을 하고 있고, 전지전능한 신이 되겠다는 상승욕망에는 보다 건강하고 뛰어난 종족(후손)을 남기겠다는 성적욕망이 작용을 하고 있다. 권력욕망과 상승욕망과 성적욕망은 인간 욕망의 세 기둥이며, 따지고 보면 사적 개인의 욕망이 아닌 종족의 욕망이라고 할 수가 있다. 개인은 더없이 나약하고 유한하지만, 종족은 더없이 강하고 영원하다.

이선희 시인의 「줄2」는 권력욕망과 성적욕망 위에 기반을 둔 상승욕망이며, 그 욕망이 애드벌룬처럼 전혀 터무니 없고 허무맹랑한 헛된 망상으로 부풀어 있다는 것을 뜻한다. "굳세게 땅을 딛고 살려고/ 발바닥은 굳은살 박아가며 단단해"지지 만, "내 어디에 생긴 구멍들일까/ 수시로 들락거리는 헛바람/ 어디서 불어온 헛된 망상일까 빵빵한 기대/ 아무리 꽁꽁 동여매도 빠져나가는 탱탱한 生"이라는 시구에서처럼, '빵빵한 기대', '탱탱한 生', 즉, '헛된 망상'을 떨쳐버리지 못한다. 산다는 것은 욕망을 갖는다는 것이며, 욕망을 갖는다는 것은 높이 높이, 하늘 높이 날아오른다는 것이다. 날아오른다는 것은 추락한다는 것이고, 추락한다는 것은 인간의 욕망이 실패를 한다는 것이다.

줄 하나만 있으면 하늘 끝까지 날아오를 수 있다는 욕망, 기회만 되면 붕붕 떠오를 것 같은 가벼움, 모든 욕망은 상승 욕망이고, 이 상승욕망은 애드벌룬과도 같다. 기회만 있으면 하늘 끝까지 날아오를 것 같지만, 그러나 애드벌룬은 줄에 묶여있고, "얼마 후에 찌그러지겠다는/ 꼬리표"처럼 속절없이 추락하고 만다. 천제가 될 수만 있다면 도덕과 윤리와 정의와 사랑과 우정을 다 버리고 언제, 어느 때나 배신을 때릴 준비가 되어 있지만, 그러나 이 천제의 꿈은 중력의 법칙에 구속되어 있다. 줄의 한쪽은 상승이고, 줄의 한쪽은 추락이며, 이 상승과 하강은 우주의 역사가 종말을 맞이할 때까지 결코 깨어지지 않는다. 줄의 한계를 벗어나려면 오만과 탐욕의 죄가 씌워지고, 줄의 한계에서 벗어나려는 욕망이 없으면 생존만이 최고인 이 세상의 어중이 떠중이들의 삶에 지나지 않게 된다.

우리 인간들의 삶은 애드벌룬과도 같고, 이 애드벌룬과도 같은 삶은 줄(중력의 법칙)에 묶여 있다. 바람이 채워지면 부풀어 오르고, 부풀어 오르면 찌그러진다. 기대, 욕망, 희망, 꿈 등은 부풀어 오르고, 상심, 절망, 오만, 탐욕 등은 찌그러진다. 이선희 시인의「줄2」는 상승과 하강의 변증법을 통하여 '애드벌룬'과도 같은 삶을 매우 날카롭고 예리하게 파헤치며, 그 어릿광대와도 같은 인간을 자기 자신만이 아닌 우리 인간들의 초상으로 변모시켜 놓는다.

천제, 황제, 대왕, 왕 등은 결코 신이 될 수 없지만, 그러나 우리 인간들은 전지전능한 신에 대한 욕망을 버릴 수가 없다. "허공에 떠 있는 찌그러진 애드벌룬"처럼 "질기디질긴 줄에 매달려 뒤뚱뒤뚱"거리면서도, "목을 끊을 수도/ 줄을 끊을 수도 없다."

천제와 어릿광대는 둘이 아닌 하나다. 천제에 강조점을 두면 비극이 되고, 어릿광대에 강조점을 두면 희극이 된다. 이선희 시인의 풍자와 해학은 냉소, 조소, 조롱, 야유에 기반을 둔 희극이지만, 그러나 그는 천제의 꿈을 버릴 수 없는 어릿광대와도 같다.

이선희

이선희 시인은 충남 공주에서 출생했고, 2007년『시와경계』로 등단했다. 시집으로는『우린 서로 난간이다』(2014년 세종도서 문학나눔 선정),『소금의 밑바닥』(2020년 아르코 문학나눔 선정) 등이 있다.

시와 생명은 하나이고, 시와 생명의 불꽃은 이 세상에서 가장 아름다운 명예의 불꽃으로 타오른다. 이선희 시인의 세 번째 시집인『환생하는 꿈』은 낡디낡은 시인의 탈을 벗고 고귀하고 거룩한 시인으로 탄생하는 기적의 순간이자, 그 고귀하고 거룩한 시인들에게 '하늘의 축복'이 쏟아지는 너무나도 아름답고 멋진 시집이라고 할 수가 있다. 저승은 지옥이 아닌 축복의 땅이 되고, 고귀하고 거룩한 시인들의 열정으로 전인류의 지상낙원인 '시인의 천국'이 펼쳐진다.

이메일: shl9989@hanmail.net

이선희 시집
환생하는 꿈

발   행   2022년 11월 18일
지 은 이   이선희
펴 낸 이   반송림
편집디자인   반송림
펴 낸 곳   도서출판 지혜, 계간시전문지 애지
기획위원   반경환 이형권
주   소   34624 대전광역시 동구 태전로 57, 2층 도서출판 지혜
전   화   042-625-1140
팩   스   042-627-1140
전자우편   ejisarang@hanmail.net
애지카페   cafe.daum.net/ejiliterature

ISBN : 979-11-5728-491-7 03810
값 10,000원

"이 책은 세종특별자치시와 세종시문화재단의 후원으로 발간되었습니다."